JORIS MERTENS

BÉATRICE

RUE DE SÈVRES

ISBN : 978-2-81021-625-3

© Rue de Sèvres, Paris, 2020
www.facebook.com/ruedesevresBD
www.editions-ruedesevres.fr

Dépôt légal : mars 2020
Imprimé en France par Pollina - 92708

La Brouette.

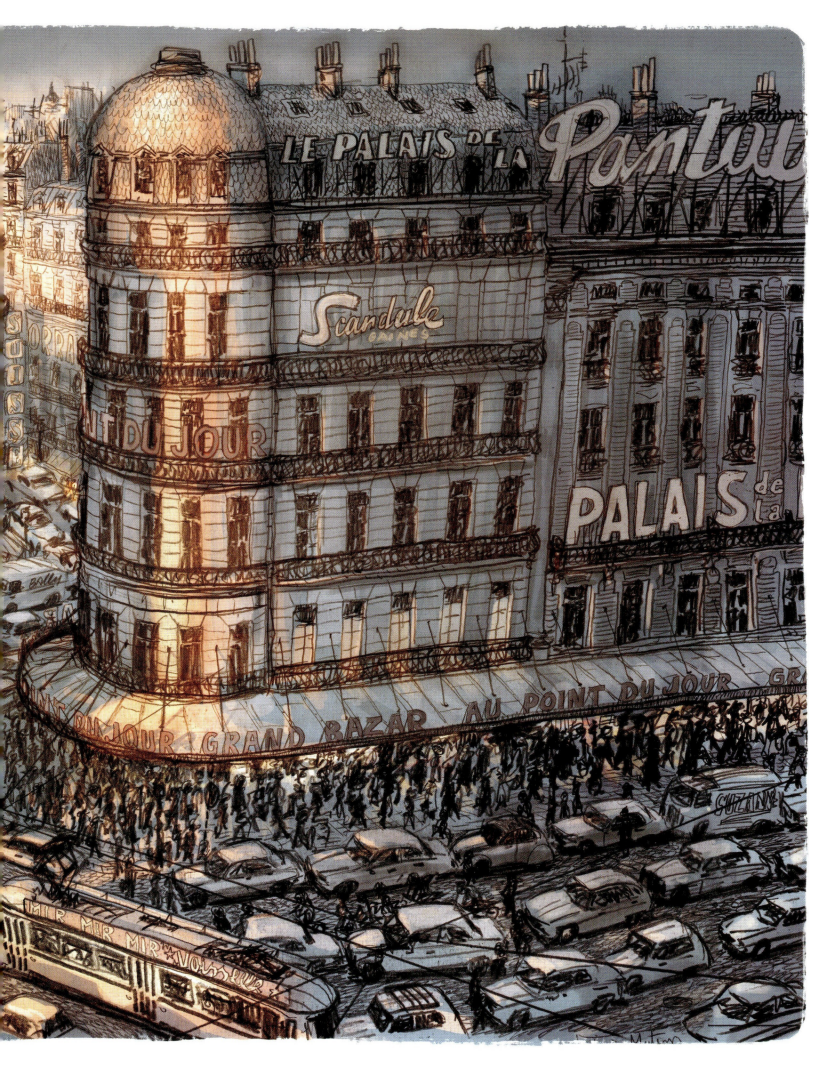

5

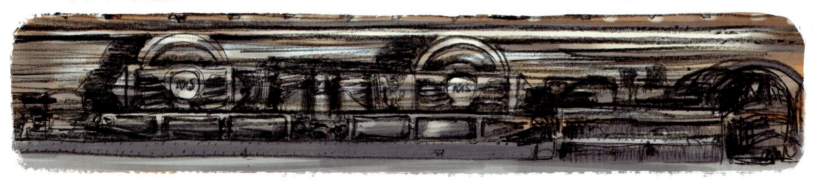

15

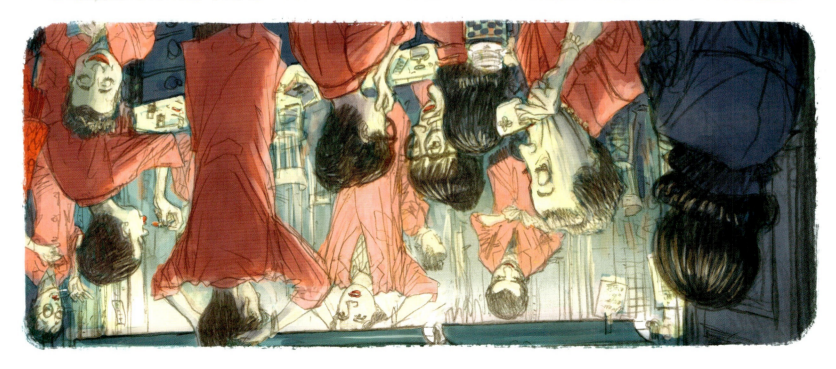

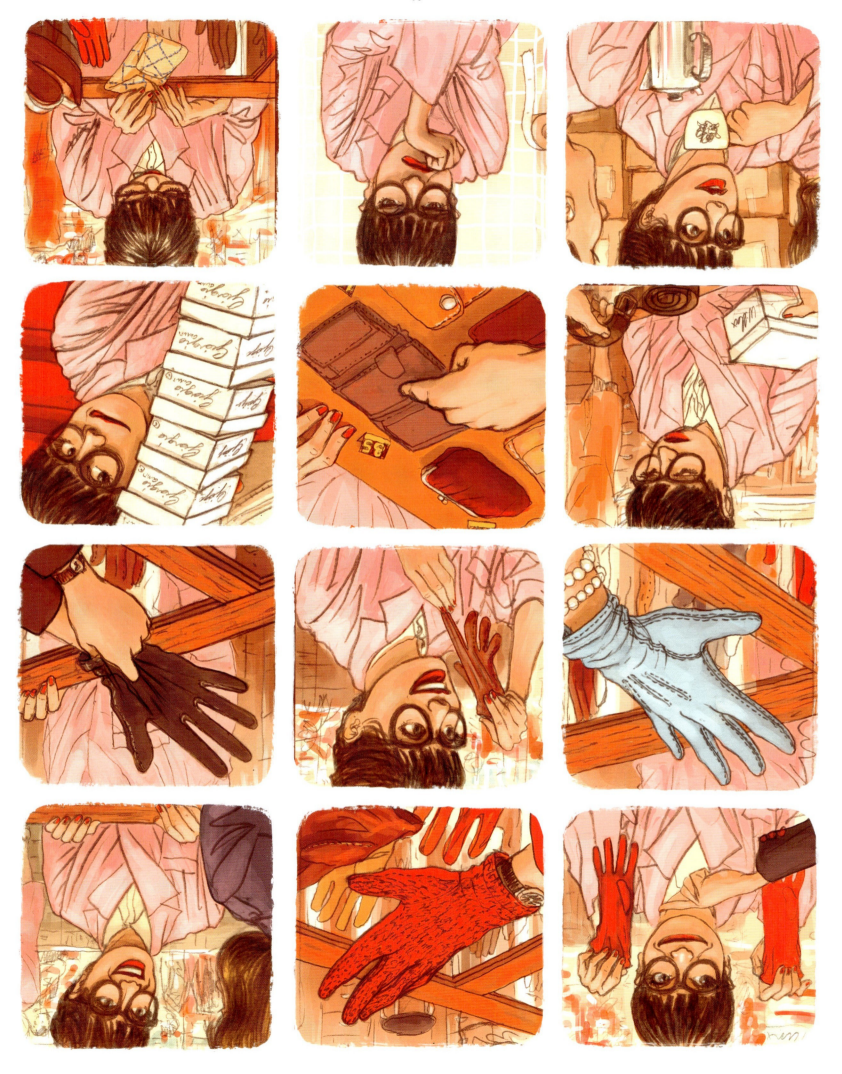

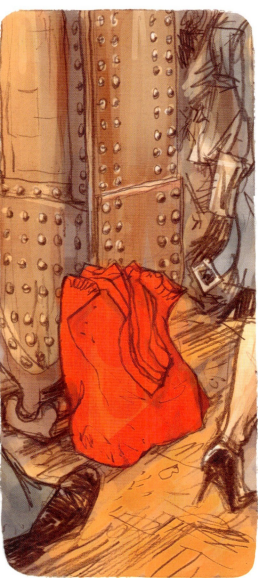

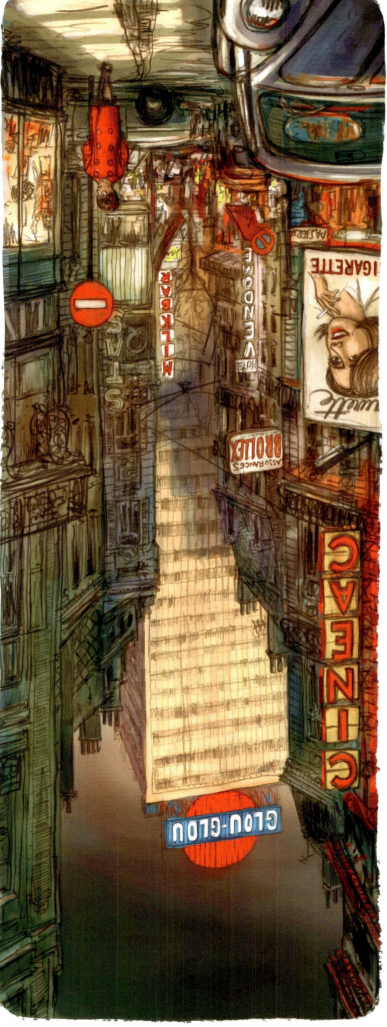

Album.

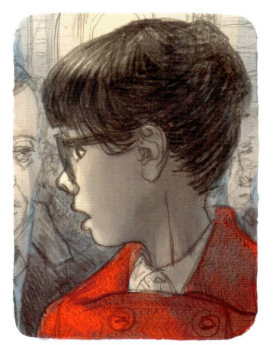  

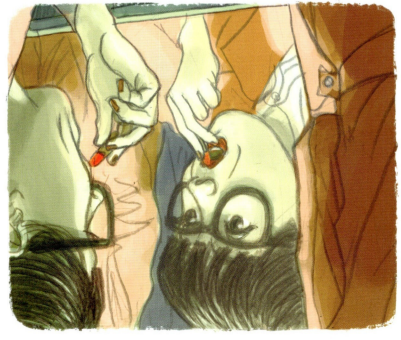

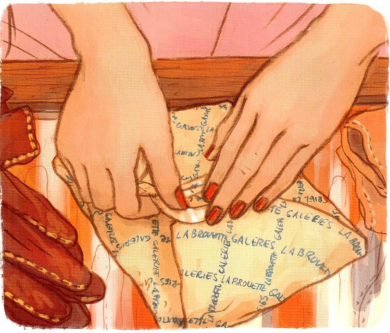

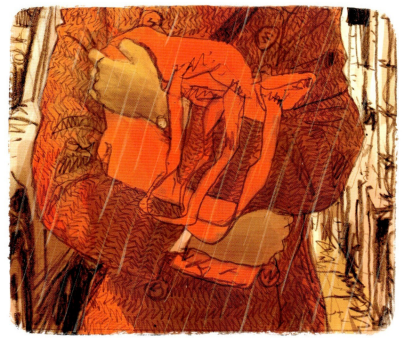

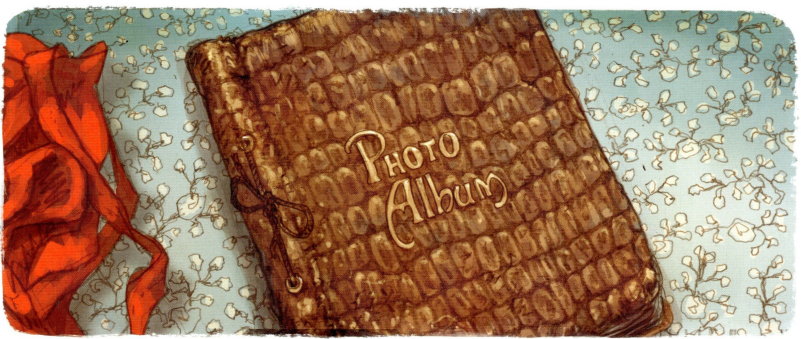

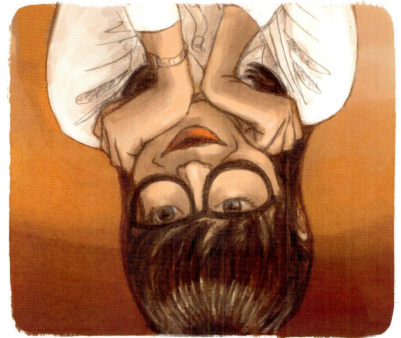

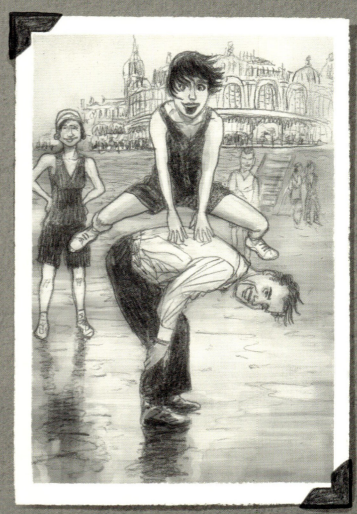

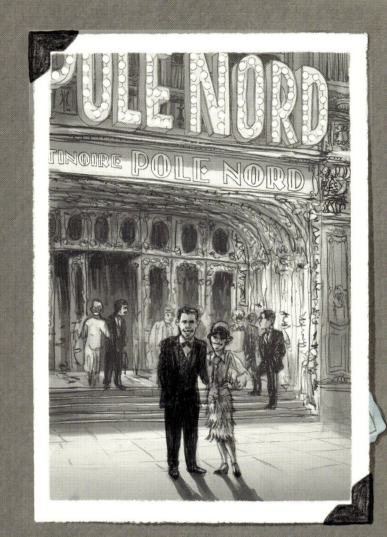

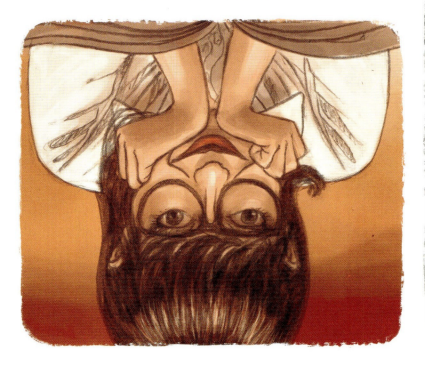

Dimanche.

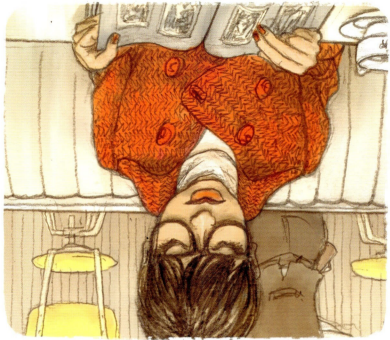

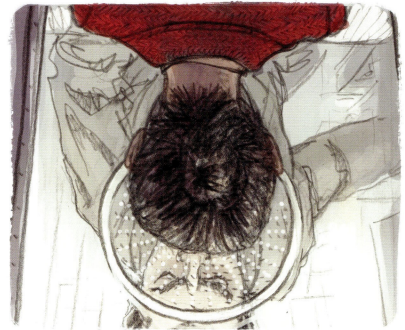

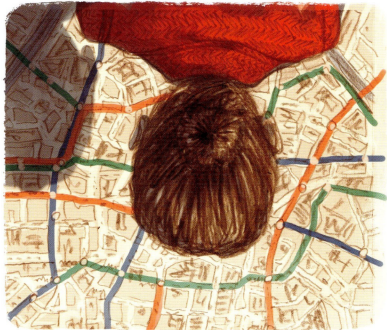

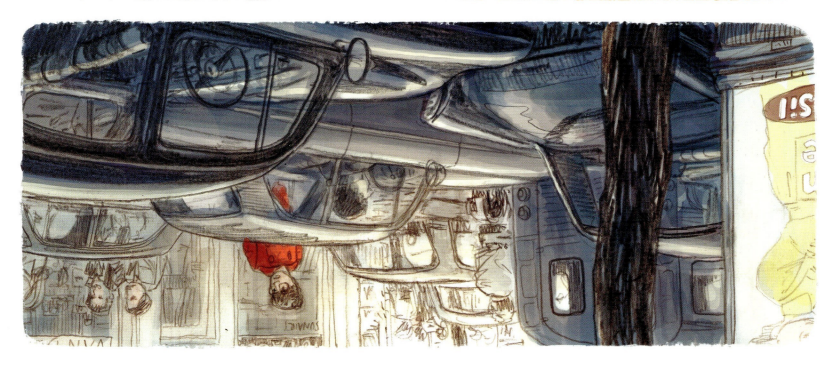

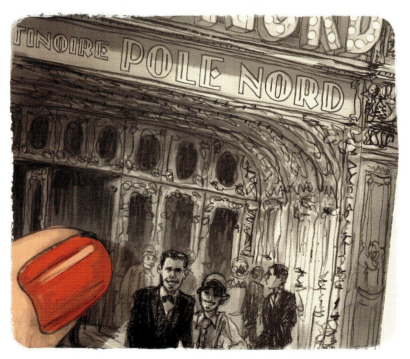

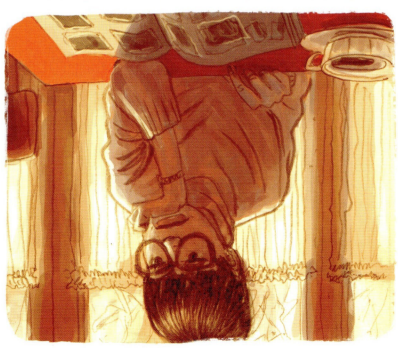

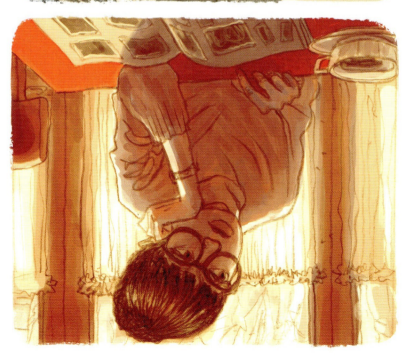

Faust.

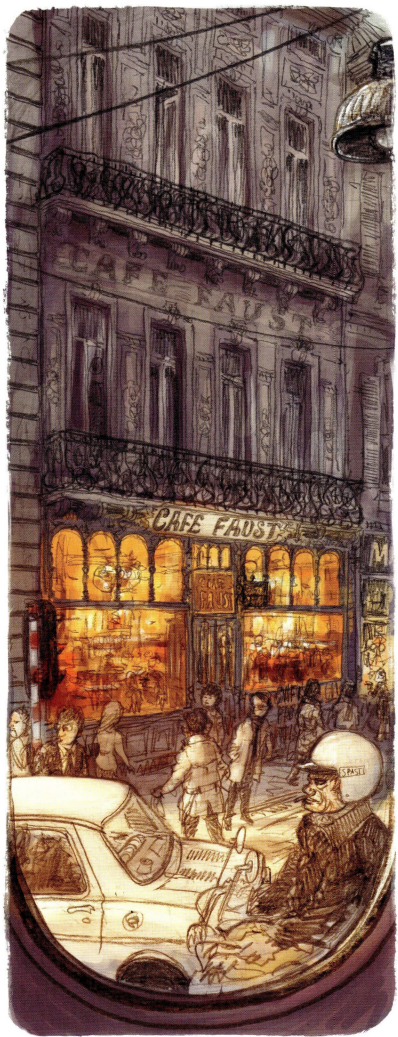

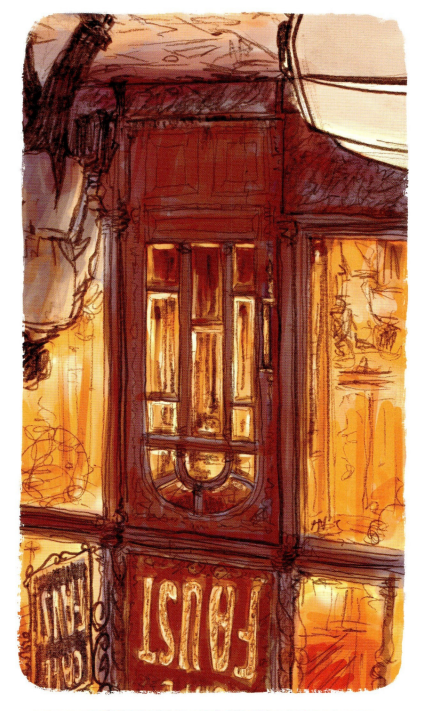

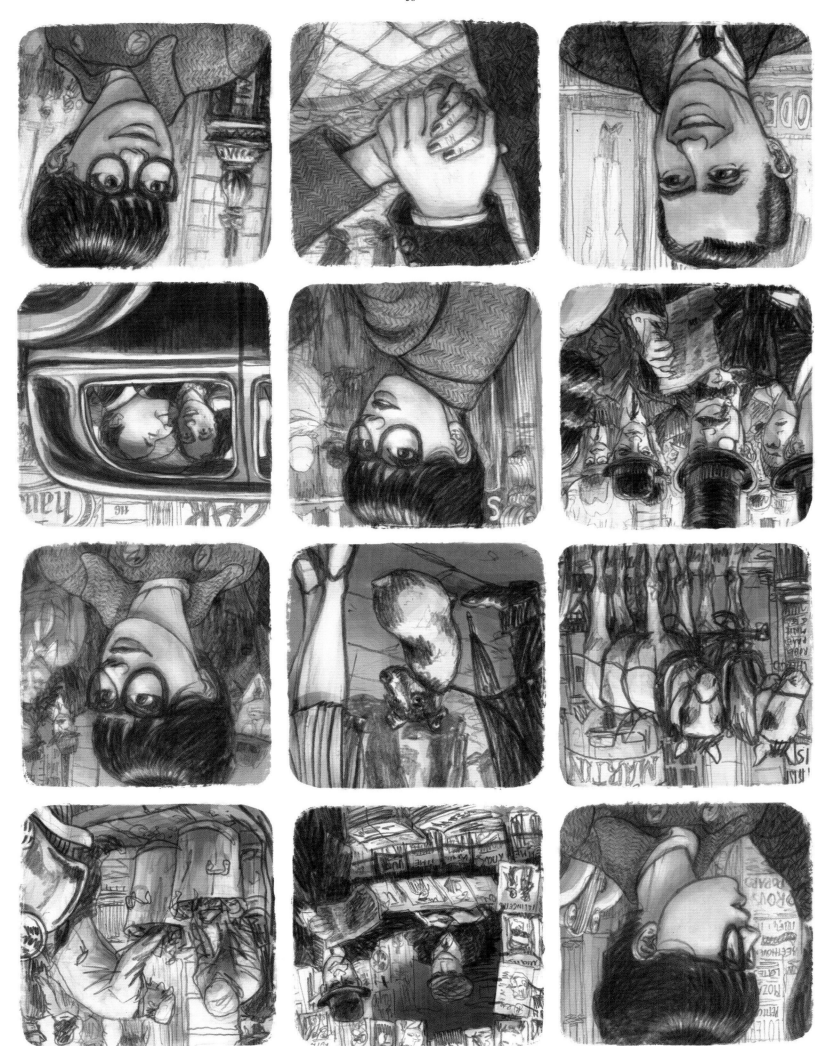

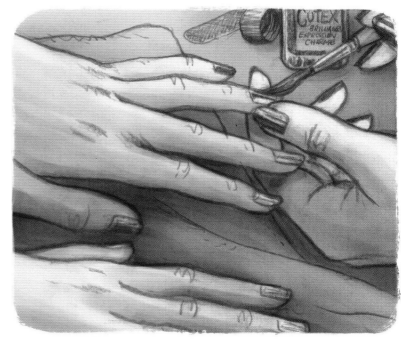

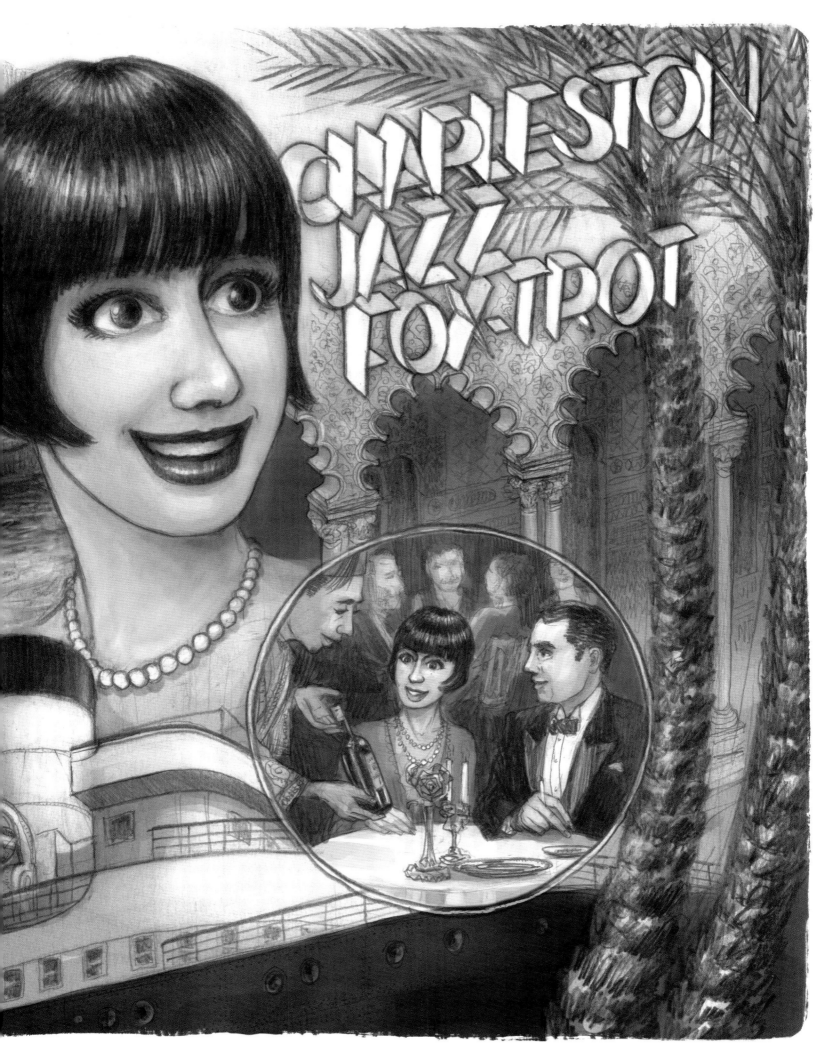

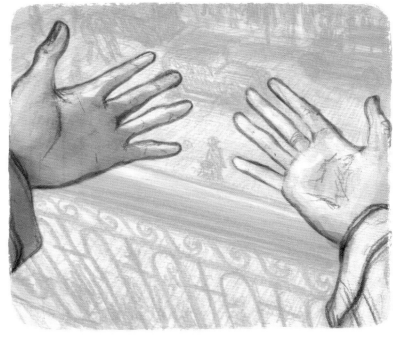

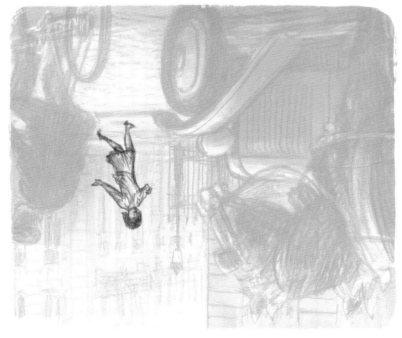

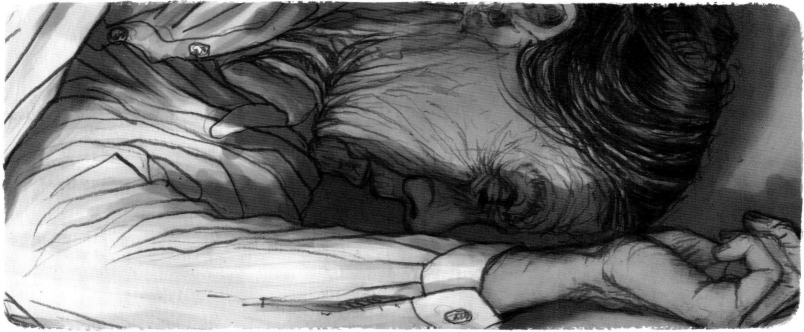